KB132347

아무도 모르게 어른이 되어
박은정 시집

문학동네시인선 069 박은정

아무도 모르게 어른이 되어

시인의 말

아름다운 사랑을 위해선
네 개의 다리가 필요했다

사라지는 것들
언젠가 사라지는 것들

네 번의 겨울이 지나는 동안
사랑은 아름답지 못했고

한 번의 꿈이 지난 자리에
꽃과 구름이 몰려온다

나의 무덤이 내내 깊어지기를

밤이면 낯선 당신에게
두 팔을 묻었다

2015년 3월
박은정

예담에게

차례

2부 우리에게도 아픈 전생이

3부 나는 무서워서 자꾸 사랑을 합니다

1부

빛들이 돌아선 밤을 불러들였네

대화의 방법

평생 인형의 얼굴을 파먹으며
배고픔을 달래는 아이
네가 누구인지 알 수 없을 만큼
내 이빨은 단단해졌다
말을 해도 말이 하고 싶어
죽을 때까지 자신의 살을 꼬집으며
되물어보던 허기처럼
형광등은 깜빡이고
인형은 얼굴도 없이 던져졌다

오늘 이 자리,
용기가 있다면 자리를 박차고 나가겠지만
모두들 처음 보는 사람처럼 앉아
손뼉을 치며 웃는다

나고야의 돌림노래

두 손을 움켜쥐고
줄넘기를 돌리는 밤

한 번 두 번 세 번
공중으로 떠오를 때마다
어제의 파랑이 빛나고

붉은 개미떼들이
땅속으로 흘러가며
너의 아름다운 발음을 통과한다

나고야,
너는 죽었니 살았니
스무 개의 입술이 너를 반복할 때
우리는 무엇도 간섭하지 않으며 땀을 흘리고

너의 퍼머넌트 머리칼과 작은 가슴이
환영처럼 흔들리면

나고야,
너는 흥미로운 중심부
매초마다 변하는 감정 아래
서로의 똑같은 표정을 견디는 것

꽃가루가 흩날리고
성급한 여름이 오고 있었다

다리에 걸린 줄이
밤의 한철을 넘지 못할 때
나고야, 이것은 너의 이름이 깊어지는 병

열뜬 잠의 출구가 열리면
더없이 다정한 돌림노래를 부른다

감정의 바닥도 없이
낯선 도시는 어둠을 새기며
척, 척, 척,

꿈에서 추락할 때마다
한 척씩 키가 자라는 소리를 지르고

나고야,
아무도 모르게 어른이 되어
공중을 뛰면 발바닥이 아파왔지

어떤 부유의 밤에도

젖은 얼굴이 서럽지 않도록

네 눈썹에 얹힌 꽃잎
한없이 투명해진다

고양이 무덤

내 고양이가 죽으면 어떤 무덤을 만들어줄까
밤은 길고 낮은 멀리 있으니까

죽은 자들의 무덤은 너무 좁고
산 자들의 재앙은 예상할 수 없을 만큼 넓다

매일 밤을 사라지지 않으려고 뼛속까지 버텼어

언젠가는 화장터 앞 벤치에 앉아
오래 하루를 보냈다

말할 수 없는 이유들을 잊으려
이유 없는 말들을 지껄이고 있었다
검은 사람들이 나를 지워줄 때까지

단풍은 붉고 푸르고 흔들린다
갈라진 심장을 가진 자는
자꾸만 뒤를 본다

완성되지 못한 문장이
유언으로 어울린다는 사실을
죽은 자들은 견딜 수 있을까

고양이는 가장 편안한 자세로 누워
밤의 울음을 길게 운다

망각이 자라는 자리에는
풀 두어 포기

밤새 팽이는 돌고 누군가는
보이지 않는 계단을 오른다

피아노

소녀가 걸어나온다 어떤 노래를 들려줄까 한없이 작아지면서 견고한 이야기처럼 눈물도 없이 데크레셴도로 죽는 이야기처럼

마디가 없는 손으로 마디를 연주하면 노래는 끝없이 반복되었다 귓속으로 파고드는 파동이 달팽이관을 부수고 뇌수 속으로 들어가 부랑자처럼 취중 노래를 부르지 너는 나의 자비로운 주인이 되는 거야 잠들 때까지 무거운 페달을 밟으며

너를 부르면 모든 게 피아노가 되지 책상이 되고 스탠드가 되고 악보가 되고 소파가 되고 방문이 되고 초인종이 되고 이제 일어났니 귀여운 머리띠를 한 피아노야 잠옷을 입은 피아노야 성큼성큼 걸음을 걷는 피아노야 노인처럼 하품을 하는 피아노야 숨겨둔 애인에게 문자를 보내는 피아노야 낮과 밤을 혼동하는 피아노야 밤고양이의 교음을 흉내내는 피아노야 떨어지는 나뭇잎의 발악을 듣는 피아노야 피아노야

눈을 뜨면 낮인지 밤인지 알 수 없는 시간들이야 점멸하는 사이렌 소리 햇빛에 지친 아이들이 손목을 떨어뜨릴 때 우리는 내통하듯 서로의 눈을 가려줬지 싫증난 장난감을 버리듯 아이들이 피아노에 불을 지른다 끝나지 않는 고독의 허들링 매캐한 연기 속을 깡충거리며 우리는 즐거웠지 거

나하게 취해갔지

　네 무덤 같은 피아노가 여기 있고 거대한 동굴 같은 피아
노가 여기 있고 아이의 비명 같은 피아노가 여기 있고 미친
남자의 자위처럼 서러운 피아노가 여기 있고 모든 배음을
끄집어내 침묵을 종용하는 피아노가 여기 있고 그렇게 너를
부르면 가을이 겨울처럼 너를 보고 윗집 여자의 고함소리가
너를 보고 죽은 가수의 노랫소리가 너를 보고 갓 말을 배우
는 아이의 호기심이 너를 보며 잠드는 저녁

　눈을 뜨면 지금 여기에 있는 것 영원을 물으면 텅 빈 대꾸
가 돌아오고 나는 소녀의 몸에서 태초의 음을 꿈꾸었지만
실패한 자 가위에 눌려 눈을 뜨면 겁에 질린 발장단이 있었
다 소녀가 걸어간다 둔탁한 소리로 함몰되는 피아노 어떤
곡이든지 시적으로 마쳐야 해 창백한 클리셰처럼 곡선을 그
리며 무너지는 문장처럼

　피아노가 녹는다 혀끝의 솜사탕처럼 끝없이 반복되는 전
언들 너는 허공 위의 먼지가 되고 바닥에 닿는 허무가 된다
어떤 요구도 없이 슬픔의 끝까지 웅크리면 무거운 농담도
노래가 되었지 건반에 두 손을 올리면 쏟아지는 피아노들
다카포− 다카포− 다카포− 처음도 없이 처음으로 돌아가는
음악 네 손에 아름다운 불꽃의 왕이 춤추고 있구나

풍등

바람을 달려간다
뒤통수에서 열꽃이 파열되자
아이들의 윤곽이 힘차게 날아올랐다
귓속의 바람이 이내 서늘해진다
늙은 포플러 나무 아래
온몸 붉게 물들이는 자벌레들
제 소원을 날려보내며
명치끝이 뜨거워지는 것도 잠시야
날아가던 새들이 고개를 떨군다
먼지 덮인 형광등이 바람에 신음할 때
흔들의자에 앉아 졸던 늙은이는
죽기 좋은 때를 기다리고 있었다
창을 열면 검푸른 구두 소리
당신과 섹스를 하면 곤란한 기분이 들어
배롱나무 잎사귀는 오래 흐늘거려요
알사탕을 빨던 사제가 기도를 한다
짧고 간결한 체위로 이불을 끌어당겨도
낡은 침대 스프링은 튀어오르지 않는군요
쫓기던 아이들이 절벽을 뛰어내리고
불의 사제를 꿈꾸던 자들의 노래가 들려온다
당신이 진짜 원하는 것이 무엇인지 말해봐
낙원의 구덩이가 혀를 빼물고 타오르자
세 치의 소원들이 불속을 걸어나오고

온몸에 살이 차오른 연인들이
서로의 심장을 쓰다듬는 시간
마지막 목적지는 어디입니까
아이들이 박수를 치며 팔랑거리는 동안
사제의 담배가 길게 타오른다
바람 빠진 풍선처럼 휘청이던 여자가
풍등, 새처럼 추락한다

노르웨이의 검은 황소*

손에는 아름다운 유리수들

손가락 사이로 흘러내리는 빛들이 돌아선 밤을 불러들였네

우리는 방치된 천사처럼 손을 흔드네 바람이 부는 노르웨이는 초록으로 빛나고 떠도는 구름 아래 내달리던 천진한 걸음들

너의 귀에서 흘러나온 잠을 주웠어

잠들지 못한 검은 황소의 눈물이 꿈자리를 적실 때 우리는 마지막 송가를 불렀지

우리는 누구를 위해 사랑을 했나
우리는 무엇을 위해 사랑을 했나

바람이 부는 노르웨이는 나의 고향 사향노루는 먼 곳으로 달아나고 당신이 나를 사랑해준다면 하얀 스타킹을 신고 발바닥이 까매지도록 원숭이춤을 출 텐데

강물이 넘실대는 일곱 개의 시간이 흘러도 발자국에 남은 문장만을 지겹도록 반복할 뿐

우리는 누구를 위해 거짓을 말했나
우리는 무엇을 위해 거짓을 말했나

초록의 노르웨이에 눈이 내리면 검은 황소는 잠들고 칠
흑 같은 잎사귀들과 부서진 달빛을 지났지만 나는 내 나이
를 잊었네

이제는 아무도 기억하지 않는 밤
이제는 아무도 노여워하지 않는 밤

남겨진 손에는 아름다운 무리수들

셀 수 없는 것을 무한히 셀 때까지
노르웨이는 차가운 손을 흔드네

* 북유럽 동화 제목 인용.

복화술사 하차투리안

하차투리안은 유랑을 한다
왈츠를 추듯 정글을 턴하고
수백 년 동안 사라진 기억을
단숨에 기억해내는 유연함
하차투리안은 단련되어간다
침묵으로 만든 꽃다발을 창에 걸고
무수히 오르내리는 밤들처럼
앞발을 들고 하차투리안
입을 열면 비가 내리고 강이 범람하고
떠내려간 사람들이 언덕을 기어오르지
당신에게 어울리는 표정은 말문이 막힌 표정
그러니까 슬프고 발랄한 침묵으로
오늘은 이상한 일들이 많을 테니까
귀가 먼 부랑자가 노래를 부른다
하차투리안 하차투리안
우리의 전사 하차투리안
눈을 감고 입을 다물어도
날마다 비밀을 발설하지
하차투리안이 걷는다 두 팔을 흔들며
그의 마법이 뚱뚱해졌다 날씬해졌다
늑골 속에서 회오리가 분다
감정의 무감각과 무기력을
유일한 취미라고 하면 어떨까

당신의 입에서 나비가 날아다니고
내일 하루도 늦지 않고 죽을 수 있다면
하차투리안 하차투리안
눈을 감고 입을 다물어도
생을 되풀이하는 복화술사
문득 살아온 날들이 행방불명된다

아스파라거스로 만든 인형

다발의 아스파라거스를 가지고 너를 찾아간다 내가 죽으면 네가 내 인형이 되어줄래?

한 소녀가 사내의 손에 이끌려 사라진 오후 꽉 움켜진 소녀의 손에서 벌거벗은 개구리의 신음이 흘러내렸지만 아무도 그날을 기억하지 않는다

소리만 남은 감정들 문을 열면 기이한 인사가 맴돌고 낡은 변소에선 아이들이 비명을 질렀지만 상처 입은 고양이의 눈이 두려움으로 밤을 키우듯 갈라진 손톱에도 싹이 트고 잎이 자랐다

밤이면 절벽에 매달리는 꿈을 꿨어 두 다리를 버둥거리던 몸이 늘어질 때쯤 소녀는 웃으며 말했지 죽고 싶은데 어떻게 죽어야 할지 몰라 종일 골목을 돌아다녔어 누군가 날 죽여주겠지 죽여주겠지 흥얼거리면서 말야

수많은 별자리를 외웠지만 손바닥에 짤랑거리는 동전 소리가 좋았을 뿐 우리는 마주앉아 조금씩 비껴가는 세계를 본다 그날의 호흡 속에는 아이들이 버린 운동화가 떠다니고 주인 없는 인형들이 발견되기도 했지만

자장가를 부르는 너의 몸짓은 뒷걸음질치는 아이처럼 친

밀하다 밤바람에 굽이치던 머리칼이 어깨를 감싸고 수많은
별자리가 밭은 세월만큼 왔다 사라지는 동안 품속에는 잠들
지 못한 아이가 남은 별들의 이름을 만지작거리고 손에는
두 개의 동전이 밤새 빛나고 있었다

대니 보이

우박이 내렸다
늑대의 얼굴을 그릴 때마다
모르는 당신의 얼굴이 겹쳐졌다
자신의 별명이 마음에 들지 않는 아이
내게 어울리는 장소를 갖고 싶을 뿐이야
가령 슬픈 모두에게 밤인사를 할 수 있는 곳
나는 전기뱀장어처럼 이생의 상처를 사랑하지
이곳에선 누구든지 절망할 수 있단다
기억 속 뒤축을 버리고 잠복한 음악
오늘을 지나던 행인의 이름을 아일랜드라 부른다
그의 이름은 먼 곳에 있는 자
풍금을 연주하던 동무들은 떠나고
오랜 시간이 흘러도
병에 든 유서 따윈 밀려오지 않는 곳
파도의 적막을 견딘 새들의 이명을 아일랜드라 부른다
새벽 세시의 자흔이 깊어진다
눈을 감고 피던 자목련과
창을 뛰어넘던 시선들
오직 순정한 혼혈의 자세로
한 방향으로만 울던 몸의 흔적을 아일랜드라 부른다
누구도 내게 고향을 묻지 않았다
어제 죽은 두꺼비가 살고
죽은 듯 꼼짝하지 않던 기억들이

두꺼비처럼 까만 배를 불리던 곳
그날의 바람이 어디서 불어왔는지
난폭하게 익어가는 과실은 푸르고
저녁내 울던 새의 동공 속
대니 보이가 있었다

불행의 접미사

술래여 너의 귀는 모퉁이를 돌아 휴일도 없이 전진하네 목
뒤를 내리쬐던 태양이 고개를 숙이고 너의 가슴에는 꺼내지
못한 반짝이는 실의들 사랑을 잃은 소녀의 가슴이 부끄럼도
없이 크게 오르내리고 두 눈을 껌뻑이던 개 오리 돼지 짐승
들은 긴 혀를 내밀며 사람처럼 울었네 가끔 너를 낳은 여자
의 아이가 썩어가네 너를 살리던 여자의 무릎이 내려앉네
골목의 마지막으로 사라지던 운명들처럼 아홉수의 아이들
이 휘파람을 불자 폭죽처럼 요동치는 자태들 음악들 소름들
너희는 타오르는 망각으로 한 번도 오래 울어본 적 없으니
술래여 너는 돌아보지 않고 당당히 새벽을 전진하네 잠든
이의 어깨에 흐르는 기미를 따라 사람들의 옷깃 속으로 젖
은 머리칼 사이로 그리고 아름다운 노랠 부르는 소녀의 동
그란 혓바닥 속으로 전진하네 천천히 전진하네 수줍게 손을
잡은 불운한 소녀들이 집을 나서네 종잇장처럼 떨어지는 달
빛이 손금을 비추자 잠들지 못한 술탄들의 혀를 부르네 술
래여 벌거벗은 소녀들이 너의 뒤를 따르네 관능처럼 오해처
럼 비명처럼 아무도 손끝 하나 다다르지 못했네

미토콘드리아

어머니 나의 미토콘드리아 모든 일은 그렇게 될 수밖에 없었지 당신의 웃음과 다정함을 닮은 아이가 창녀가 되었다 세상 모든 말종을 키우기 위해 성녀가 되기로 한 시절 우리의 분열은 격정적이며 쓸쓸하여 눈물 속에서도 서로를 먹어치운다 당신의 유일한 재능은 당신을 닮은 창녀를 낳은 것 굴욕에 지친 사내의 허리를 껴안던 골목으로 빈 생선을 물고 고양이가 달아난다 푸른 눈을 가진 미토콘드리아 우리는 변변치 못해 꿈을 꾸지만 그건 누구의 잘못도 아니잖아 당신의 가랑이 속에서 충혈된 사내들이 어머니를 찾고 사내들의 눈 속에서 두 다리를 옹크린 나를 보는 것 분열은 분열을 낳고 분열에 분열을 낳고 어딘지도 모르는 태초의 곳에서 당신을 닮은 아이를 잉태한다 양손에 십자가를 든 창녀여 당신의 이빨이 빠지도록 사랑 노래를 불러다오 오늘밤 늙고 저주받은 구멍에 붉은 나비를 심는다 헤아릴 수 없는 손들이 어둠을 뚫는다 자궁 속 순간으로 번식하는 입들을 보며 이 무거운 세상을 가지기엔 가벼운 감탄사를 가진 죄로 어머니 미토콘드리아 지독한 병으로 누웠거나 고통스럽거나 자살하거나

나라야마

고사목의 시간 속에서
난폭한 식욕의 기억을 찾는다
잿더미 위의 먹구름과
삿된 말을 삼키던 침묵들
일곱 개의 계곡을 건너
자식이 늙은 부모를 버릴 때
우리는 잔을 돌리며
살인자의 의식을 치렀다
또하나의 생몰 연대가 늘었다
배고픈 고양이의 구애를 물리치고
습관처럼 딸국질을 하던 시절
이것은 예견된 사실이었어
온몸을 폐휴지처럼 굴리며
자신을 파기하는 것
반인반수의 패배를 결심하는 것
그해는 맑고 어둡고
진눈깨비의 악명이 드높았다
고사목 위로 까마귀가 기우뚱거렸다
동이 트면 제 미운 등을 돌리던 사람들
패색의 경련을 선물 받았다
자식들의 이마에 피딱지가
홍조를 반복했다

신비주의자들

신비주의자들은 말했다 침묵을 발설하던 밤이 없었던들 우리는 멸망했을 것이다 불현듯 빛이 사라진 창문들아 새벽이면 젖은 눈의 벌레처럼 순수해지길 빌었으니 이제 가려는 자들의 입술을 붙들어 매어라 우리는 행여 보통의 무리가 되고 싶었는지 모른다 밤이 열리면 모든 죄가 비밀리에 성행하리니 똬리를 틀듯 매번 되살아나는 오늘 네 몸을 탐하던 자들의 심장을 갖고 싶구나 가녀린 혓바닥으로 네가 매달리고 우리는 죄의 끝이 궁금한 죄인들 그러니까 신께서 당신에게 천대받던 아이들이 태어날 때 쏟아지던 탄식을 읽어주셨으니 부모를 버리고 호랑이를 죽이고 풀리지 않는 문장을 저주하는 동안 비로소 하나의 이야기를 시작할 수 있겠다 새들의 도처에 우박이 내리고 뿌리마다 바람이 삭은 죄 기형의 입술로 고해만 쏟아내던 날들을 용서받을 수 있을까 전갈에 물린 아이들의 발톱이 검게 자란다 수레바퀴를 돌리던 신비주의자들이 단두대에 올랐다 바람이 불자 입술이 사라진다 하얗게 질린 아이들이 구원을 번복하기 시작했다

꽃들은 어디에 있을까

벤치 위의 분비물과
멈추지 않는 호각 소리
사람에게 학대받던 고양이떼가
사람처럼 궁지에 몰리는

맨홀 아래 누워
어둠 속 화석이 될 때까지
깊은 곳으로
더 깊은 곳으로

움브리아*
움브리아
움브리아 소녀의 때 낀 손톱을 보며
도착적으로 행복했는데

다시 태어난다면
지금까지 쏟은 코피만큼
검붉은 짐승으로 태어날 거야

모든 처참이 하나가 될 때
우리는 조금 더 단단하고
가까워졌으니까

몰려드는 어둠에 눈을 뜨면
입을 채우는 악취들

움브리아
움브리아
움브리아 우리가 찾던
작고 천박한 꽃들은 어디에 있을까

죽은 우물이 자라고
마음이 주검처럼 딱딱해질 때
소년은 소녀의 옆에서
아름답게 죽어가는 밤을 꿈꾼다

망아지처럼 착한 아이가 되어야지

잠든 스커트 속으로
고아처럼 손을 집어넣으면
만개한 꽃을 꺾던 네가
십일월의 목을 조르고 있었다

* 파울 첼란의 「아시시」에서 인용.

드로잉

사슴을 잡아먹었어요 허기도 없이
친구들은 뒷다리를 뻗으며 달아났죠

내가 그리고 싶은 그림은
용서와 보복의 타란텔라
한 명이 죽고 한 명이 태어나는

외출을 하고 돌아오면
콜타르가 몸을 타고 올라요
보이나요 내가 가진 그림은
이만큼의 액운으로 가득한 것을

한 벌의 곡(哭)을 입어요
쓸모없이 아름다운 점괘와
바람에 닳은 부적의 명도
쓸쓸한 누보로망의 문장을 덧칠하던

소녀의 함몰된 유두
형체를 도려내는 선의 기행(奇行)
사전을 펼치면 아름다운 단어들이
흉측한 단어들에게 잡아먹히는 꿈을 꿔요

죽은 짐승들은 제 눈을 봐달라며

폭죽 같은 울음을 바치고
가죽이 벗겨진 소녀들이
텅 빈 구도 속으로 달아나는

가위에 눌려 눈을 뜨면
복부를 관통하는 뿔

다리도 없이 돌아온 친구들이
대낮의 어둠과 손을 맞잡아요
감각의 공소시효가 끝나는 밤
박제된 내가 첫울음을 터트려요

합창 시간

　지휘자의 붉은 반점이 짙어졌다 태양이 너무 뜨거워서겠
지 우리는 파트를 나누어 노래를 부른다 소프라노와 알토가
불협하고 테너와 베이스가 제 목청에 넘어갔다 강당의 커튼
이 휘날린다 신의 이름을 부를수록 세기말이 즐거웠던 사제
처럼 우리는 간절하게 후렴구를 반복했다 지휘자의 얼굴이
신의 얼굴을 닮아간다 한줄기 빛 속에서 구체적이며 입체
적으로 신의 얼굴을 본 적 있니? 악보를 넘기는 손들이 바
빠지고 목청이 주춤거렸다 그럴수록 화음은 웅장하게 퍼졌
다 지휘자의 슈트 자락이 펄럭인다 저 새들은 언제부터 울
고 있던 거지? 저, 저 백치들은? 정오가 되자 길고 누런 잎
들이 아래로 늘어졌다 입을 벌리면 가슴이 쿵쾅거렸다 높
은 곳으로 낮과 밤이 없는 곳으로 창세기의 새가 날아오른
다 천상의 노래를 불러야 해 옆구리에서 투명한 날개가 돋
아나도록 지휘자의 동공이 커지자 하품을 하던 여학생의 콧
등 위로 파리가 앉았다 일곱번째 날이 지나고 있었다 최초
의 고공비행은 실패했다

꼽추

소스라치는 음악들 꽃을 입에 문 꼽추의 뒤통수에서 장중히 비가 내렸다 제 심장과 피부를 씻기고 오늘은 갓 태어난 울음에 대해 애도하기로 한다 책을 펼치면 검붉은 파도가 몰아친다 기도하지 않는 가난한 자들과 사도를 외면하며 북을 치는 노인들 떠다니는 색색의 신발들 방주를 버린 아이들은 신의 재현이었다 그에 음악은 충분히 아름다웠다 모사가의 심정으로 모든 아름다운 것에 눈을 돌린다 평범한 사람들이 잠든 적막을 지나 어떤 물음을 가지게 되었을 때 저를 버린 것은 모두 눈물을 머금은 가짜였습니다 책장을 덮으면 파도가 사라지고 붉은 네 뺨이 기도를 하던 거리로 택시가 사라진다 일곱 살의 네가 뇌수를 흘리며 누웠을 때 너는 울음도 없이 작고 예뻤다 사라진 이목구비가 흘러내린다 아스팔트 사이로 번지는 정적들 가늘게 몸을 떨던 꼽추가 춤을 춘다 안개 속 꼽추의 등이 실처럼 풀려나간다 가장 왜소한 체위로 슬픔을 훈육하는 법을 비로소 그는 완성했다

이방의 사람

갈대숲의 소음과
낮잠을 자는 연인의 긴 다리
작은 기분을 사랑했지

절반의 나무가 출렁이고
출처를 알 수 없는 냄새가
숲을 물들이면

우리는 동시에 사라질
양극의 망명지를 꿈꾸었을까

난간을 잃은 사람들이
손을 두고 떠나기 시작한다

뱀에게 영혼을 내주고
사랑을 배회하던 자들

차가운 네 뱃속으로 들어가고 싶어

신발을 벗고
발이 많은 새를
손바닥에 그리던 연인들

캄캄해지는 사람, 피가 묽어서
마음이 둘로 쪼개지는 사람들이
이상한 얼굴로 웃는다

이 착시의 끝까지 가면
꿈의 종착점을 보게 될까

밤새 문을 두드렸지만
누구도 이름을 말하지 않았다

2부

우리에게도 아픈 전생이

풍경

아무것도 아닌 것이
풍경이 되는 일은 아름답다
회복할 수 없는 삶을
살아가는 기도처럼

가방을 열면
너의 손이 담겨 있지
의미도 무의미도 없이
피어나는 꽃으로

이상한 유언을 쓰다가
부끄러워 살고 싶어질 때

경계도 없이
투명한 공중으로 던져올리는
새들의 지저귀는 소리

나는 왜 여기에 없고
너는 왜 여기에 있는가

고통스러운 두 사람을 본다

내가 만지는 네가

웃고 있는 풍경

사루비아

견딤의 방향으로
사소한 극단의 외침으로
발기된 감정을 관통하는 속도로

배가 고프면 나도 모르게 손목을 그었다

어떤 감정은 날씨의 문제였으며
어떤 날씨는 감정의 문제였지만
나의 사주는 내가 아픈 만큼의 평화

꽃잎 휘날린다 부재중이므로
붉은 뼈를 물고 온 말들
망막으로 번진다

밤마다 내 심장이 변형되는 동안
천국에서는 어떤 꽃이 피었나

떠돌이 개의 발정난 눈알처럼
불현듯 터져나오는 산모의 하혈처럼
너의 빛깔은 리듬에 취해
격렬한 영혼이 된다

차가운 심장을 옷깃에 달고
유일무이한 존재의 방이
아무도 없는 방으로 변하는 일

붉음의 일, 금지된 것들의 탄생, 그리고 서서히 사라지는
세상의 감탄사들을 생각해내는 일

커튼을 열면 흩날리는 입술들
황달에 걸린 땅거미가 덮치면
모든 격렬한 것들이 눈을 감고
공중의 잎들을 세기 시작했다

맹인의 발음

칠월에 태어난 맹인의 발음은 아름다웠다 실의와 살의가 섞여 목구멍을 넘어가고 한 방울의 피가 온몸 붉게 물들이는 계절, 구멍가게에선 식은 우유와 사슴벌레가 뒤뚱거리고 무자비한 징조들이 아이들의 염통을 파고들었다 맹인이 자신의 무죄한 눈을 어루만진다 저 맹인을 보라 어디로 가는지 모르면서 불구의 숙명을 향해 가는 자를, 자신 속에 오래 웅크려본 자만이 볼 수 있는 절벽을, 맹인이 가부좌를 틀고 제 귀가 끓는 소리를 듣는다 천진한 아이들이 담배를 태우고 어린 짐승들을 죽였다 밤마다 버림받은 처녀들이 목놓아 울었다 눈물이 개울을 만들고 강을 만들어 대명천지 밝아올 때까지, 맹인이 점자책을 불태운다 앵무새의 피가 꽃을 피우고 아이들의 눈두덩이 꿈처럼 부풀어올랐다 한때 빛나던 것들이 모두 죄처럼 무릎을 꿇고 이마를 조아렸다 천국과 지옥은 모두 제 눈 속에 있단다 성가를 부르는 맹인의 목소리가 맑게 퍼졌다 제 영혼을 추도하던 사람들이 강으로 뛰어들었다 무리들의 발바닥이 까맣게 타오른다 백야의 칠월이었다

우리에게도 아픈 전생이

연못을 기억해요 이건 오랫동안 네가 꿈꾸던 얼굴이야 밤
이면 머리칼이 한 움큼씩 빠져나갔죠 어제는 신발도 없이
꿈속을 거닐었다 금붕어는 죽을 때까지 거식증에 시달렸어
요 검은 나무의 계절이 돌아왔다 아이야, 당신의 입덧은 끝
이 보이질 않는군요 맨발로 춤을 추던 성녀들이 창녀가 되
던 계절에 대해 말하자꾸나 여름의 도처에 흰 눈이 쌓이고
있어요 바람이 불 때마다 국경은 허물어진단다 그러니 그곳
은 추억 없는 여름이겠군요 눈물이라는 걸 믿어본 적 있니
여전히 제 운명은 모른다고 하시는군요 너는 영원한 돌림병
을 앓고 있을 뿐이다 우리에게도 아픈 전생이 있을까요 그
럼에도 우리는 죽지 않고 변질될 것이다 당신을 지우는 일
이 유일한 낙이었어요 권태를 추억하는 것은 피곤한 일이
란다 매번 당신의 문장을 모방하고 있어요 아침이 와도 우
리는 잠들지 못할 것이다 내일은 오독의 재만 검게 남겠죠

물의 호흡

죽은 아이를 사랑한 적 있지

잠의 목덜미를 쏟아내며
누군가를 부르는 증상

야뇨증과 실어증으로
불덩이 같은 이마를 맡기고
늘어지는 아이

눈을 감으면 휘감는 열의 언어들

거대한 일요일의 미사
수많은 혀들이 서로를 문병할 때
마른 흙 위를 뛰어다니던 새가
요란하게 비명을 지른다

어지러워요 엄마
기도를 멈춰요 성대모사를 멈추세요
밤마다 돋아난 실핏줄이
끊어질 듯 위태로워

무심한 호칭과
부드러운 뺨의 시절

꿈속을 드나들던 손가락이
아름다운 풍경이 되는

돌이킬 수 없는 날씨가 반복될 때까지

우산을 들고 빙빙 도는
엄마들의 환희
이것은 넘쳐흐르는 음악
증식하는 물거품이야

편식하는 아이들이 녹슨 열대어를 닮아간다

예리한 혓바닥들이
가장 낮은 음을 향해 돌진하는
하루가 익어가고

밤의 구경꾼들이
매끄러운 배를 끌고 간다
천천히 돋아나는 입술
호흡의 연대

조감도

1. 회귀

국경은 둥글고
우리는 돌아갈 곳을 잃었다

너의 인중에 파란 사과꽃이 피었구나

까마귀의 권태가 창을 내리치던 때
너는 두 눈을 가렸지

어제와 똑같은 이유로
인생을 망치는 기분이 어떠니

이렇게 몸을 웅크리고 있으면
어떤 자세가 사랑스러웠는지 기억이 안 나

구름과 개가 한곳에서 운다

부러진 연필은 서랍 속에서 자란다

어제는
떠난 애인이 돌아와
벌거숭이 뼈를 묻었다

2. 새장과 새

바람과 담쟁이덩굴

새장을 열어도 날지 않는 새

꿈과 춤을 혼동한 죄로
새는 종일 노래했다

한 번쯤 당신의 등을 밟고
구름을 만지고 싶었는데

비바람이 불었다

누군가 죽이고 싶어질 때
날지 않는 새의 이름을
하나씩 적었다

3. 고해

등을 돌리고
무덤처럼 앉아 있다

내 몸에서 나는 냄새를 견딜 수가 없어

죽은 쥐를 가지고 노는 손
마르지 않는 죽음 위
검푸른 딱지

입이 살아 있다면
나를 용서할 수 있을까

바닥없는 침묵 속에서
울혈이 터져나왔다

해질 무렵
우물 속으로 돌을 던지면
붉은 늑대의 동공이 커졌다

물레 감는 그레첸*

밤을 감아요 손가락을 타고 흐르는 시간들을 엮어 국적을 만들어요 기시감으로 만들어진 당신의 국적은 발자국이 없어도 통행이 가능한 나라, 어지러운 예감들이 눈보라처럼 휘날리는 나라

이름도 땅도 사라진 현명한 나라에서 당신의 타로카드는 광대, 절제, 심판, 물레는 하얀 목덜미를 침묵의 알리바이로 만들고, 가닥의 암호들로 물레를 돌리면 세상은 거미줄 아래로 구름은 새들의 부리 속으로

시력을 잃은 밤처럼 서로의 몸을 핥아요 당신은 눈만 남은 밀랍인형, 마지막 카드를 버릴 때 우리의 행방은 운명의 수레바퀴, 은둔자, 달의 몰락, 일생을 짜던 물레는 멈추고 당신의 국적은 만삭의 죽음도 헐거워지는 곳

오늘은 몇 광년의 겨울이 연명되는 노래, 실타래는 끊어질 운명처럼 흘러내리고 우리는 수행할 수 없는 작전의 비밀요원, 당신이라는 오명을 푸는 암호는 총부리를 물고 웃는 그레첸— 완벽한 거울의 표정으로

* 괴테의 『파우스트』를 모티브로 만든 슈베르트 가곡.

시리아 사람

어제는 커브를 돌던
부랑아의 무릎이 찢어지고
오늘은 노파의 골반 옆으로
화대를 품은 소녀가 잠에 들었다
족보도 없이 할머니 엄마 두 딸이
한 남자를 사랑한 시절
어린 자매는 서로의 머리를 빗기며 잠이 들고
할머니 엄마가 살비듬을 문지르며 서러워지는 때
비로소 우리는 꼬리뼈를 긁으며
사람의 이름 석 자를 적는다
어떤 시절이 자라서 마음을 길들이고
멍으로 내려앉기까지
모두들 불멸의 연애를 꿈꾸었다지만
남은 건 골방의 안락의자 하나
죽어가는 것과 살아남은 것에 대해
조용히 문을 열고 닫는 기분이 되는 것
생일은 무기력하게 찾아오고
우리는 사라지는 것들에
침묵하는 어항 속 물고기들
입술도 없이 벌어진 입에선
풍문에 혓바늘 돋는 소리
머나먼 국경을 횡단하는 저녁
네 머리칼이 떨어진 자리에서

시리아 사람의 슬픈 얼굴을 줍는다
정독할 수 없는 이름들
모든 게 무너지고 있었다
전장의 병사들이 죽음을 예감할 때
서로의 이름을 가만히 불러주듯이

유고

세 번의 겨울
방향과 깊이를 알 수 없는
악몽과 환몽의 위로

거울마다 물방울이 맺히고

불결한 동공을 문지르면
부족한 온기를 문지르면

모든 것을 알고 있다는 듯
흰빛이 다가온다

눈의 특권이라면
발자국의 세계를 덮는 것

하늘에서 밧줄이 내려와도
놀라울 것 없는 날들이야

어미들이 지붕 위를 오른다
치마를 뒤집어쓰고

누가 우리를 이곳으로 데려왔는가
누가 우리를 저곳으로 데려가는가

이마에 비치는 현기증

늑대가 눈 위를 뒹굴고
새들이 재처럼 떨어져내렸다

봄이 오면
경솔한 자들이 가장 먼저 일어나
꽃향기를 맡을 것이다

귀령(歸寧)

마침 그때 휘영청 달이 밝아 벌레들이 몸을 숨기는 것이
다 이곳에서 너는 어떤 꽃을 보았니 향냄새가 진동하던 크
고 붉은 꽃 웃다가도 금세 울상이 되던 여자의 입주름 같은
꽃 나는 건기에 죽은 어미의 뱃속을 박차고 나와 하릴없이
지는 꽃이나 보며 울었던 것인데 이곳은 어디입니까 이 기
괴한 시간은 무엇입니까 사방에서 울리는 방울 소리에 돌기
가 돋고 마음을 잃어 반쯤 짐승이 되면 어떠리 죽은 매미의
영혼이 돌아오는 측백나무 아래로 가자꾸나 천사처럼 먹고
울고 춤추던 곳으로 우리의 포옹이 몸부림치던 계절로 이제
모든 것들의 비명이 예언이 되는 잔치가 벌어질 것이니 날
이 밝아오면 북을 들었다 입이 찢어질 때까지 우는 심정으
로 벌레들이 신명에 죽어갔다 눈물도 없이 우는 영혼들 옆
으로 눈이 빨간 새들이 울어댔다 북소리에 잠을 깬 사람들
이 우물을 찾는다 목을 맨 영혼들이 오래 흔들리고 있었다

일요일의 미로

일요일, 손을 내밀어도 잡히지 않는 손, 발목이 비틀린 짐
승이 낮게 뒹굴었다 너의 머리 위로 지나는 구름을 기억하
렴 풀무치들과 죽은 해바라기까지, 아무래도 길을 잘못 든
것 같아, 우리는 걸었다 그쪽으로, 빛이 멀어지고 키 큰 나
무들이 두서없이 흔들렸다 혀를 말고 잠이 든 까마귀와 밤
사이 불어난 이끼들, 발가락에 물집이 잡히기 시작했어 일
요일은 계속 걸었다 지겨운 짐승들의 울음이 위안이 될 때
까지, 오늘의 운세는 북쪽을 피하라 이곳은 어디에도 없는
곳이야 우리는 일요일처럼 설핏 웃었다 긴 밤이 덮쳤다 돌
아보아도 돌아갈 수 없는 어둠만 되풀이되는, 그럴수록 귓
바퀴를 돌던 물소리는 얼마나 환하게 반짝였던가 나가는 길
을 찾을 수 있을까 흔적만 남은 풍경이 너의 다리가 될 때까
지 그쪽으로, 일요일은 걷고 또 걸었다

최초의 동행

죽은 돌에 주술을 새겼다

너와 내가 결합하여 하나의 신이 생겼다

축제의 다리 아래
수다를 떨던 처녀들
축복과 거짓은 같은 곳에서
황금빛으로 방생되고

최초의 엉덩이에 감춰진 사과를 훔친다

벌레를 닮은 말초신경
독이 오른 입술로 울던 태아들

볕이 뜨거운 바위 위에
말벌떼가 고통의 무한대를 그린다

사랑이 죽은 곳으로 가자
땅 위로 새가 떨어지고 지네들이
북쪽으로 이동하는

하나의 몸으로 사랑하였으나
슬픔과 분노와 공포가 나를 살리는구나

푸줏간의 첨대는 단단하고
죽은 어미는 송곳니로 제 탯줄을 잘라내며
마지막 혐오를 세상에 바친다

처음 맞잡은 손이
서로의 손톱으로 붉게 물든다
나의 살은 어미를 닮아
검고 노랬다

윤색

어둠이 고향을 따라 내려갑니다

고향은 그립지만 아무도 가려 하지 않는 곳

유리병을 쓰다듬다 던지고 싶어질 때

누군가는 바닥에 떨어진 피를 만집니다

아름답게 표현할 수 있다면 그것이 진실이든 거짓이든

생활은 변하지 않고 검은 사슴의 목덜미에 돋아난

가시가 아파서 바닥만 봅니다

무심히 빛나는 가시들

나는 자주 문장의 행로를 잃어버립니다

누군가 버린 감정에 이름을 붙이는 것이 나의 직업이라면

이름은 무엇인가요 고향처럼 멀고도 먼

화관을 쓴 메아리만 남은 고백이라면

나는 손재주를 부리며

손톱이 다 빠지도록 놉니다

모난 것들을 윤이 나게 매만지면

아픈 것들이 둥글게 둥글게

먼 고향을 바라봅니다

목만 남은 자들

식탁보를 당기면 너의 얼굴이 굴러왔지 누렇게 모인 손이
맞장구를 치고 그러나 지금은 안정을 취해야 할 때

날마다 너는 황혼의 천진함으로 저녁을 차린다

회오리가 치고 들판을 달리던 개들이 지붕 위를 날았다 벌
거벗은 죽음이 턱과 유두를 넘어 다정을 이루고 이쯤에서
네 굳은 머리칼을 쓰다듬어도 좋을 텐데

너는 수줍음을 무기로 지닌 소녀처럼 작고 우스꽝스러워

악몽 속에서 웃던 손이 목을 조르듯 시간은 흐르고
종내 착한 것들이란 죽어서도 냄새를 풍기는 버릇을 버
리지 못하였다

어제 우리가 나눴던 대화는 네 죽음의 단상

눈앞에 금을 그어놓고
신이 내린 마지막 감정에 오래 반항할 것

저녁이 침묵으로 전이되는 동안 손을 가진 자들의 천성
은 거룩하리니

욕조를 빠져나온 손톱이 벽을 움켜쥘 때 식사를 하던 손
가락이 숟가락을 던질 때 한 번쯤 죽어본 자들의 손등이 파
랗게 얼어갈 때

　　입을 열면 눈물이 날 것 같아 아무도 입을 열지 않았다

　　욕조 밖으로 몸뚱이가 흘러내렸다 젖은 바짓자락을 잡고
식탁을 빠져나가는 손들

　　오늘, 목만 남은 자들의 저녁이 완성된다

사탄의 운지법*

열 개의 손가락은 몰랐다 그 하나가 무엇인지, 그날의 꿈을 재현하기 위해 그것을 어떻게 연주합니까 죽을 때까지 낯선 신발을 갈아 신으며 왔던 길을 되돌아가는 거, 너의 머리카락을 문고리에 묶고 젖을 때까지 춤을 추는 것, 어둠 속 장님놀이를 하던 악사들이 엎드려 울었다 단말마처럼 반복되는 팔락쉬 팔락쉬, 나의 몸을 타고 흐르는 이 악기는 무엇입니까 그것은 동시에 존재할 수 있는 것입니까 서로의 꿈을 죽이는 방문자들, 우리는 두 눈을 담그고 황금빛 진혼을 노래하지 못하였으니 철쭉 사이로 불어난 거미줄이 아름다운 노새를 길들이고 아침이면 머리가 붉은 여자에게 입을 맞추던 안부들, 우리는 매일 다른 얼굴을 찾아 잠이 든다 머리를 북쪽에 두고 꿈의 가장 깊은 곳으로, 새벽의 머리칼로 류트를 누르면 조금씩 시들어가는 과실들, 너의 등을 밟고 무감히 일어서는 꿈들, 그것은 마지막까지 모호한 진실의 얼굴입니까 누구도 다다를 수 없는 꿈속으로 악사들이 자신의 손가락을 찢는다 이 운지법을 완성하는 자는 악기 속에서 죽을 것이다 송곳니를 잃은 짐승처럼 온몸이 거세되며 팔락쉬 팔락쉬, 불타는 악기를 던지고 밖으로 달아나야 하리라 태초의 바람이 너의 얼굴을 씻는다 태양은 아직 사막을 건너지 못하고 버둥거렸다

* 밀로라드 파비치의 『하자르 사전』.

벌려다오 너의 릴리트를

너를 부르면 기분이 이상하다 단 한 번의 꿈을 꾸는 회유
어처럼 붉다 아니 달콤하다* 오늘 우리는 회상에 실패하였
다 그리고 오래 들여다본다 사라질 고백처럼 빗나간 것들을
불면의 네가 술잔을 들고 찾아오는 밤 감미로운 그림자가
간발의 차로 공기를 찢는구나 안녕 소녀여 무슨 노래를 부
르니 눈을 감고 릴리트요 저녁의 꽃이 지듯 우리의 불길함
이 사라지기를 그러나 이 도시는 절박함 속에서도 잠이 들
고 한 번의 눈은 오래 멈추지 않을 것이다 눈을 감으면 먼 살
냄새가 올라온다 입을 열면 적도의 열매가 익어간다 열 개
의 손가락이 하나씩 젖어들면 당신은 내게 처음의 서정 무
수히 목도되는 분열 고독이 귓밥처럼 쌓여 한 세기가 흘렀
지만 나는 너를 듣지 못한다 침묵의 서정을 알지 못한다 그
러니 소녀여 무슨 노래를 부르니 눈을 감고 릴리트요 가만
히 당신을 부르면 우리가 언제 이렇게 닮았던가요 당신이
울고 내가 웃고 이렇게 두 귀가 빨개지고 침이 고이고 안녕
소녀여 부디 벌려다오 너의 릴리트를 너를 부르면 기분이
이상하다 붉다 아니 달콤하다 너는 운명처럼 익지 않았다

* 오규원의 『토마토는 붉다 아니 달콤하다』에서 인용.

토카타

개미들이 줄지어 간다
군무를 추며 노래를 부르며
고된 오늘을 잊을 때까지
여왕개미는 잠이 들고
고양이는 무료하게 벽을 긁는다
꽃집은 꽃이 피지 않아 문을 닫고
점멸의 신호등은 내일도 점멸
잠들지 못한 하루살이들이
외로운 유령처럼 모여들면
하루는 운명을 배반하며 완성되고
살아 있음이 누런 벽지로 빛을 바랠 때
클랙슨을 울리며 지나는 아이들
그들의 행진은 폭죽처럼 가벼워
오늘도 없이 무궁무진하고
내일도 없이 멀리 나아간다
너의 행렬이 나의 어깨를 돌아
무릎과 무릎이 교차되고
그래서 조금은 외롭지 않겠다 손을 흔들면
모든 메아리는 경향이 되었다
멈칫의 시간은 타올랐다
돼지처럼 간결하게
유연한 몸짓으로 저무는 저녁
너는 아름답지 않아서

내내 불멸이었니?
혼자 듣는 밤은 지루하다
짐승들의 교미처럼
오래, 토카타

정글짐

눈을 감으면 이곳이 아니라 여기, 구름을 뚫고 올라간 파리의 현기증 같은 마음으로 어젯밤 본 환영의 목록을 말해 봐요 당신의 무릎을 베고 읊조리던 오후의 기이함이라든지 줄거리가 없는 영화처럼 내내 달아나던 골목이라든지, 당신을 돌 때마다 공중이 멀어지고 근육은 단단해지고, 당신은 도처에 널린 알리바이인가요 빈민굴의 개처럼 쫓아오는 빛줄기들, 방향은 룰이 되고 공포가 되어 입술을 빌리면 해서는 안 될 말을 지껄이고 있어요 날개가 돋을 때까지 한 걸음씩, 당신을 따라가면 당신이 아닌 내가 당신이 되어, 문을 열면 사방은 텅 빈 공백, 손을 뻗어도 잡히지 않는 사각의 세계, 이곳이 아니라 여기, 지친 발목을 내려놓고 처음처럼 발톱이 돋을 때, 문득 돌아보면 사라지는 행방들

3부

나는 무서워서 자꾸 사랑을 합니다

에스키스

네 얼굴이 빛난다
백지 위 모래바람을 맞으며
대체로 너는 기억이 없고
단호한 표정이 없다
내일은 새로운 사건이 올지도 몰라
발갛게 익은 사지를 버둥거리며
기형의 아이가 하나의 세계를 그린다
어떤 이야기는 부끄러운 몸이 되고
귀기울이면 잠든 애꾸눈 하나가
뒤척이는 소리가 들려
원 안에서 소스라치듯 놀라는
저기, 죽은 새의 부리
점 속의 불길한 운명처럼
가까운 곳에서 먼 시간으로
모호한 정지를 덧칠한다
백색의 안쪽은 적색
다발의 안개는 짙어지고
저를 버린 사람들이 잠에 들면
기꺼이 짙어지는 창백들
죽은 새의 부리가
울음이라는 작은 묘혈을 판다
구름의 평화가 시작된다
맵고 거대한 심장이

부풀어오른다

마한델바움*

눈동자가 죽어간다

꽃이 없는 꽃병이 깨어진다

당신의 밤은 나른하고 몽롱한
나의 놀이터

꽃과 과일이 멸하기 전
금지된 유언처럼 오악사카**
죽은 새가 날아들고

잠든 나무 아래
당신은 무슨 꿈을 꾸는가

어머니, 몸뚱이를 돌려주세요
공중으로 날아간 사지에
뜨거운 성수를 뿌려주세요

나의 피가 어떻게 사라지고 있는지
어떤 고통이 동행도 없이
서로를 범하는지

잠도 없이 꿈도 없이

하얗고 더러운 것들을 화해시키며
저는 이만큼 왔습니다

당신의 비틀린 입이
놀라운 운율을 일으키며 춤을 춘다

살아서 죽은 자들의 맹점을
죽어서 산 자들의 전언을
유일한 위로로 삼으며

제물이 또다른 제물을 바칠 때

검은 옷을 입은 당신이
죽은 당신의 얼굴을 할퀴며 웃는다

시린 동공이 깨어난다

어떤 죄인의 눈물은 너무 깨끗하여
내가 되레 죄인이었다

* 계모가 의붓아들을 죽여 아버지 식탁에 올리고 뼈는 나무 밑에 묻
었는데 새가 되어 날아갔다는 동명의 그림동화에 나오는 나무이다.
** 멕시코 남부에 있는 주.

태초에 우리는 배에서 만났네

시간을 알 수 없어 좋은 시절이 있었네 오장육부가 엉킨 그림자로 어제를 떠올리면 아무 걱정 없이 흘러가는 시간이 내 나이를 물었네

한 톨의 불행에서 시작된 유희로 문둥병자는 피리를 불고 미치광이는 춤을 추었지 이정표도 없이 부드러운 바람에 몸을 맡기며 호흡과 호흡을 덧대는 이 비극에서 아름다운 것은 퇴장뿐

한때 태양을 볼 수 있는 눈을 원했지 살아 있는 것들의 뜨거운 피를 만지는 기분으로 어린 수녀가 고성의 기도를 올리네 관절마다 하얀 소금이 쌓이고 목구멍엔 비린 꽃이 피도록

배는 흘러가네 끝없이 흘러가네 내일을 말할 것 같으면 그런 일은 일어나질 않지 어제가 죄를 짓고 죄를 잊으니 오늘의 운세는 끝까지 속죄하지 않는 것

어떤 오늘도 노여워하지 않겠네 태초에 기나긴 오 분이 흐르고 간략한 평생이 흐르도록

누오피아*

가면무도회를 보며 잠이 든다 꽃은 오래전에 멈추었으나
풍경은 꿈꾸는 자들의 것 홍역에 떨던 어린 새끼들이 어미
젖을 물어뜯으며 잠드는 곳에 우리는 낙원의 춤을 춘다 너
는 실패자들의 누이이자 부정한 유부녀들의 형제 잠든 짐승
들의 아프리카 벌거벗은 아이의 혀가 발갛게 익는다 새벽이
되면 살아 있음에 소스라치듯 놀라는 지상의 벌레들 태양은
숙주들의 열띤 위로를 위해 바야흐로 종을 울린다 녹슬어라
녹슬어라 아이여 모래태풍이 몰아치기 전에 너는 둥글게 노
는구나 상복을 입은 네 어미는 구덩이에 몸을 비벼대며 죽
은 남편과 축제를 벌이고 사막의 밤과 네 다리 사이로 검은
오아시스가 흐른다 아무도 눈물 흘리지 않는구나 가여운 누
오피아 형제들의 왕이여 아이여 검둥이들의 세계여 너는 불
러도 제 슬픔에 엉덩이를 들썩이지 못하고 여기 잠든 세계
를 지킨다 죽은 형제들의 이름에서 너의 검은 아이를 본다
아이가 종을 치러 성당으로 올라간다 천사의 광주리를 들고
춤을 추는 아이들 불길한 전조처럼 태몽은 멈추지 않고 전
갈은 죽어도 계속 나타난다**

* 사막에서 수태된 아이라는 뜻.
** 베르나르마리 콜테스의 희곡에서.

육식 소녀

마을의 도살장에는
아름다운 예수님이 태어나고
손에는 열락으로 죽은 새

오리나무 아래 소녀의 잠은
깊고 달다

모두가 검은색이었고 곧 사라졌지만

서로의 잔인한 감각을 본받는 아이들이 자라고

늙은 애비들이
제 아이를 사냥하기 시작했다

자신의 식성을 닮을수록
외로워지는 사람들

등뒤로 식칼을 돌리자
가장 먼저 입을 벌린 자들이 죽음을 맞도록

더운 숨을 뱉을 때마다
소녀는 숙성했다

식도를 넘어가는 부드러운 육질들

오랜 식육자들의 창자는 흙빛이어서, 서로의 내장에 고개
를 파묻고 저를 울먹였다

누가 인간적인 급소를 찾아낼까

푸줏간의 잠이 깊어지면 문드러진 고깃덩이들이 같은 말
을 반복한다

마지막까지 마음을 돌려주지 않는 고기는 제 주검으로 아
름다워질 것이다

소녀가 눈을 감고 식칼을 돌린다
두 팔을 벌리고 공중으로

모두가 검은색이었고 곧 사라졌지만

밤마다 소녀의 입에서는
가시덤불 같은 어금니가 자라고

아내의 과일

아내가 떠난 뒤
그는 책상 위 편지를 읽었다

열매가 벌어지는 소리에 잠을 잘 수가 없어요

필체는 심해 속 물고기처럼 고요히 떠 있었다 어둠 속 어
둠과 함께 몸을 섞으며 번지는 글자들

창밖으로 가끔씩 뼛조각 같은 달빛이 비치기도 했지만 거
대한 어둠은 정화되지 않고

잠이 들면 도시가 물에 잠기는 꿈을 꾸곤 했다

아내는 떠다니고 있었다 썩은 과육처럼 짓무른 얼굴로,
그런 밤에는 심장이 딱딱해질 때까지 아내의 문장을 곱씹
었다

우리는 누군가가 버린 망원경 속에서 태어났어요 서로를
볼 수 있지만 만질 수는 없는, 적막한 빛의 세계 속에서 소
각되기 위해 태어난 미물들

아내는 자신의 껍질을 모아 태우곤 했다 수북한 연기 속
에서 어떤 문장을 주문처럼 반복하며

여보, 열매들이 썩고 있어요 보이지 않는 기괴한 빛이 우리를 망치고 있어요 혀를 내밀며 조금씩, 우리가 우리를 조금씩

달고 시큼한 냄새가 온 집에 역병처럼 퍼지고 있었다 아내의 불면보다 더 집요한 기세로

과일들은 시들어갔다 조금씩 물러지는 부분을 손톱으로 눌러 터트리면 벌레 한 마리가 꿈틀거렸다

가끔씩 바다 위에서 비행기가 사라졌다는 소식이 들려왔지만 아내의 이름은 없었다

과일 껍질을 태우면 검게 변색한 아내의 속살이 거기 있었다 슬픔을 가려움으로 달랬다던 아내의 푸석한 얼굴이 슬픔도 없이 타고 있었다

구두 수선공의 불면

두 개의 알약을 삼킨다

불면은 굶주린 들개처럼 두 눈을 핥고

새벽은 죽은 자의 병명에서 흘러나온다

지상에서 공중으로
나사못 볼트 종잇조각이 부딪힐 때
손끝은 집요하게 움직인다

그때 관객들은 울고 있었나요

내 손은 모든 무덤의 가장자리를 돌아
당신에게로 왔습니다

지상의 침대가 쿵쾅거리는 속도로
구두를 들고 울던 나의 새벽까지

Tacet
      Tacet
           Tacet

눈이 내리고

심장은 이미 내 것이 아닌지라
오선에 손목이 잘려나가는 기분을

하느님, 당신이 믿고 싶지 않은 건
믿지 않아도 좋습니다

빛을 찾아 나선 사람들이
어둠의 경계선을 넘보는 동안

Tacet
    Tacet
        Tacet

눈이 내리고
부디 당신과 나 사이에
백지의 음표만이 연주되기를

절벽의 데시벨을 열고
구두를 만지는 손가락은 길고 아름다워

누구든 치명적인 눈물을 흘릴 것만 같습니다

Tacet

Tacet
　　　Tacet

눈이 내리고
이마를 쓰다듬던 시간이
전류처럼 파고들 때

당신의 경이로운 손끝에서
보이지 않는 꿈을 꾼 것 같습니다

불멸의 4분 33초*가 지나면
모든 비상구는 백색으로 사라지고

오직 당신과 나
백 년의 죽음만이 음악적으로 침묵합니다.

* 존 케이지의 작품.

봄밤의 연인들

월식이 얼마나 길어질까요

가난한 애정 앞의 원숭이들처럼
사랑은 무기력하고 기교는 칼날처럼 빛나던 시간들

오늘의 잠은 더없이 단조로울 거예요

절반만 완성된 불행에 광을 내는 이들의 이름을 연인이라
부르자 꽃잎을 수의처럼 입고 뛰어가는 아이들

모든 것들이 몸을 감춘다 누군가는 사랑의 주기를 꽃으로
피우고 누군가는 이별의 주기를 꽃말로 지우기에

우리는 하나의 부레만으로도 너무 많이 울었다

바람도 없이
날아오르는 봄밤의 음성들

어디서 흘러들어 이렇게 뜨거운 귀가 되었나

꽃이 어둠을 통과하고 어둠이 꽃이 될 때 비로소 드러나
는 창백한 얼굴들 온몸에 꽃을 그려넣던 혼백들이 늦은 사
랑을 나눈다

긴 겨울

겨울이 지겨울 때마다 그 짓을 했다 길고 나른하게 서로의 몸을 껴안으며 둘 중 하나는 죽기를 바라듯 그럴 때마다 살아 있다는 게 징글징글해져 눈이 길게 찢어졌다 사랑이 없는 밤의 짙고 고요한 계절처럼 이 반복된 허기가 기나긴 겨울을 연장시켰을까

네 손바닥에 모르는 주소를 쓰고 겨울의 조난자들처럼 방을 찾던 저녁이었지 방은 아담했고 누런 벽지의 무늬와 흐린 불빛이 섞여 흐르고 있었다 여기서 잠깐 언 몸을 녹이자 너는 더운 입김을 내뿜으며 웃었고 나는 네 얼굴을 핥는다 자꾸 잠이 오는데 괜찮을까

흔들리는 벽지 아래 서로의 손목을 쥐여주면 꽤 멋진 연인이 되었다 우리는 가짜와 진짜처럼 정말 닮았구나 시린 외풍이 불어와 겹겹의 바닥으로 쌓이는 밤 이불을 덮는 지루함도 없이 이 겨울을 나자 궁색하게 남은 목숨의 자국이나 껴안으며 가까워질수록 사라지는 표정처럼 지겨워 지겨워 태어난다는 건 무엇일까 나는 울고 있었을 뿐인데

날마다 부적이 필요했다

이런 얘기가 있지
옷장 속 벌레를 잡으려다
벌레를 낳고 말았다는
혈통 이야기

지독한 어둠 속
까막눈이 된 할아버지는
틀니로 저글링을 하며 허우적거렸고
너무 일찍 철이 든 아버지는
밤새 늙은 개와 추도문을 쓰느라
정작 자신이 할말은 하지 못했다
똑같은 날씨는 끔찍했다
변기에서는 계속 물이 새고
사촌들은 술독에 빠져 출렁였다
침대에는 만삭의 아내가 꿈틀거리고
남편들은 애인과 보드카를 마시며
소설 속 이야기를 제 얘기처럼 지껄였다
권총을 들고 결투를 하던 호기로움과
부정한 여자를 겁탈한 위대함에 대해

문을 열면
안과 밖이 어두워
날마다 부적이 필요했다

고개를 들고 개처럼 짖는 핏줄 때문에
피뢰침으로 자신의 눈을 찌르는 핏줄 때문에

아이는 사시였다
눈곱이 낀 인형을 안고
가시덤불처럼 잘도 자랐지
이 집에서 구타와 모욕으로
거식증에 걸린 돼지들은 알았다
공포와 광기는 한 벌처럼 아름답구나
테이블 위에는 불탄 책과
파라핀
포르말린 냄새
포르말린 냄새

완벽한 혈통에 실패한 여자가 자신의 배를 찢고
흔들목마를 타던 아이의 생일마다
이른 부고가 울렸다

테이블 위에는 불탄 책과
파라핀
포르말린 냄새
포르말린 냄새

진동하는 —

하마르티아

거머리여인을 안다
불빛 속에서 걸어나와 죽은 자들을 치료했다는
하늘 바깥에서 하늘을 관통하는
짙고 아름다운 손

증오를 병처럼 세우는 자들과
회한을 노래처럼 부르는 자들과
죄악을 기억으로 떠올리는 자들에게

입술과 뺨을 열고
피가 도는 소리를 들어본 적 있습니까

밤이 열리자
묻힌 자들이 일어나고
창백한 안색의 병자들이 물을 찾는다

속죄는 또다른 죄의
수태를 위해 제 피를 쏟는 것

하마르티아
하마르티아
가장 사악한 밤을 위해 오늘이 있습니다

눈과 귀를 닫자
입에서 군내나는 거머리들이
토사물처럼 쏟아져나왔다

당신의 손을 잡고
세상 끝으로 갈 수 있다면
구멍 속에 감춰진 모든 걸 실토할 텐데

어둠이 사라지고 빛이 다가올 때

기도문을 외는 입에서
성찬의 재앙이 태어난다

하마르티아
하마르티아
쓸개를 물고 노래하는 자들

구멍 속으로 검은 피가 몰려든다

구원도 없이
바닥엔 출렁이는 염탐꾼들

라벨의 즈음

벼랑은 매일 죽을 수 있다고 자신한다

이것은 보이지 않는 환영이거나
돌아올 수 없는 물결의
밤과 꿈 사이

앳된 너의 얼굴이 보이지 않는다

라벨의 음악을 좋아하니
그건 어둡고 갈데없는 영혼들의
마지막 레이스 같은 거라고

한 마리의 새가
장미를 물고 투신한다

사라진 뉘앙스들

물위에 번지는
피의 일렁임을 보았다

내 검열되지 않은 상상 속에는
사랑에 굶주린 아이들이
흉기를 들고 노래하는데

흩어진 파열음들

음악은 거꾸로 흐르고 있었다

눈을 뜨면
고양이가 잠든 침대

한없이 가까워지며
침묵하는

역류하는 밤으로

장롱 속에는 네가 있다 작고 연약한 집을 가진 아이야 이 레퀴엠이 맘에 드니? 엄마와 아빠가 사랑을 하는 시간엔 모든 것들이 우리를 노려보고 있단다 고요한 늑대들의 음험과 천장을 울리는 괘종시계 침대 아래 엎드린 늙은 개의 쉿소리까지도 전신경에 비친 육중한 몸뚱이를 훔쳐본다 어둠 사이로 엉긴 사랑의 괴물들을 스텝을 잃고 버둥거리는 애절한 춤꾼들을 밤이면 쥐새끼처럼 숨어들어 우리를 놀리는 너는 무엇인가 이곳에서 저곳으로 불길한 꿈을 지리는 너는 조숙한 연인인가 앙큼한 악마인가 낮이 가고 밤이 오면 재능은 혐오스러워도 살갗은 달콤해지지 어린 네 몸을 역류하는 밤으로 금기와 미신의 몸이 활처럼 휘어진다 물이 흥건한 과육을 베어 물던 입술과 신열에 들뜬 관자놀이를 지나 몇 조각의 연민으로 손가락을 걸자 우리는 한결 기분이 나아졌다 오색의 나방이 창으로 날아든다 전등이 흔들릴 때마다 너는 손가락을 깨물며 웃었다 솟아남과 무너짐이 반복되던 시절 우리는 서로의 이름을 오래 물었다 모든 것을 건 아이의 유희처럼 오한에 떨던 새들이 길게 울었다

태몽

너는 죽었다 검은 구멍만을 열어둔 채, 무엇이 두려워서 매일 잠 속에서 보내는 거지? 일 년이 하루처럼 흐르고 하루가 일 년처럼 흐르는 이곳에선 겨울보다 빨리 봄이 찾아온다 죽은 자의 마음으로 창을 열어봐 누군가 긴 제문을 읽는 동안 이마 위로 낙엽이 쌓이고 눈이 녹지만, 검게 윤이 나는 너의 이름을 부를 때마다 너는 어미의 울음을 구걸한다 숨기고 싶던 목숨이라는 말, 넘쳐서 죽어버릴 불멸이라는 말, 앓던 얼굴이 침묵으로 잠들고 그렇게 어둠 속에서 먼지 쌓인 정물이 되는 것, 너의 기억 속에는 사라지지 않는 들판의 시간들, 한 번의 꿈이 지난 자리에 꽃과 구름이 몰려온다 사람의 말을 알아들을 수 없다는 것이 이상하지 않았어 그건 슬프기보단 다행이라는 감정에 가까웠지 꿈은 길고 잠은 짧았다 우리는 얼굴을 마주보며 다시 태어난다 늙은 어미가 금줄을 달러 나간다 녹슨 철문 사이로 쏘다니는 들개들, 결벽처럼 봄이 지나간다

녹물의 편애

난청을 가진 아이는 어른이 되자
울 때마다 녹물을 흘리는 여자가 되었습니다

모든 소리가 녹이 슬어
혈관을 타고 흐르는 동안

나는 불협의 감정을 사랑하고
나는 병력의 감정을 사랑합니다

정성을 들여 돌아갈 곳 없어
짐승처럼 제 팔을 물어뜯을 때에도
슬픔은 쉽게 편애됩니다

소리의 어디까지 들어가야 음악이 될까요

조금씩 밤을 넘어온 탄식으로
목단꽃 이불이 젖고 있습니다

공명되던 음들이
초록으로 물들 때까지 움츠리는
소리 속의 큰 소리들

나는 무서워서 자꾸 사랑을 합니다

여자가 귀를 두드리면
허공의 낮과 밤이 흩어집니다

검붉은 말들이 울음 없이
벼랑을 내달립니다

수련

아침은 붉고 연못은 파르스름했다

다리가 젖을수록 치마는 부풀어오르고 하나씩 떨어져나가는 이목구비들

많은 방이 나타났다 무릎을 당기면 사방이 사라지는, 굴절되는 천장 소리, 죽은 아가일 무늬

너의 손을 잡고 꽃을 꺾었지 산 자가 죽은 자를 닮고 죽은 자가 산 자의 모습에 취해

깊은 곳으로 침잠하는 파사의 주소

이 야만은 무엇인가요 얼굴을 휘감는 수초들의 무표정, 문을 두드리면 인기척이 흩어지는

동공을 부수는 한 뼘의 빛

차고 희고 막막한 바람 뒤로 나무들의 병색이 짙어지고 불길한 징조처럼 손톱의 반달이 사라졌다

따뜻한 침대와 낡은 복사뼈를 흔들며, 나는 울었다 모든 것을 수포로 만드는 자세로

천 개의 유리로 덮인 꿈을 꾸었지

날개를 감추고 지나는 물고기들과 평온한 이마를 드러낸
채 흔들리는 뿌리들

잠자리 한 마리가 수련 주위를 맴돈다

손을 내밀면
가만히 떠오르는 그 무엇

올드 해그

아이를 낳는 순간
여자는 하나의 말을 배웠다

쓴 꽃을 삼키고 노끈을 가지고 노는 밤
벽마다 아이들의 침이 말라가고
기억은 나쁜 표정

아는 노래는 많은데
부를 수 있는 노래가 없구나

흔들리는 어항의 시간
물속을 헤치는 손이 길어진다

나는 어쩌자고 나를 이기려고 하는가

잠이 쏟아지는 순간에도
아이는 짐승의 피를 수혈하듯
집요하게 유두를 문다

어항을 빠져나온
물고기의 긴 파닥거림

내가 배운 말은

모르고 짓는 죄와 같아
악랄하고 가여웠다

밤을 올라타는 자의 눈썹이 떨리고

망막이 짙어진다
구름이 흩어진다

마른 나무 아래
만삭의 여자가 서 있다
수많은 아이들이 주둥이를 벌려
낮의 악마를 키운다

르완다의 숲

변하고 있었다 모든 발자국이 흔들리고 있었다 지난밤의 어둠이 잎사귀마다 번지고 이름 모를 것들의 울음이 짙어졌다 문득 캐슈넛 한 알을 깨물며 떠난 사람의 웃음을 흉내내던, 낮고 낮은 밤들처럼

우리는 버려진 고라니 새끼들이야 지붕 위로 도토리가 떨어지고 눈이 나쁜 새들이 창의 얼룩으로 남았다 더러워진 맨발로 어딘지도 모를 곳을 찾던 시절로, 지칠 때까지 달리다보면 착한 사람이 될 수 있을까

너의 손을 잡고 달리면 겁에 질린 아이처럼 숲은 투명해지고 있었다 손가락이 보이지 않게 머리카락도 보이지 않게 낯선 밤엔 크고 따뜻한 외투를 갖고 싶어 백양목 아래, 바람도 없이 네 얼굴은 자꾸 흔들리고

잠들지 못한 고아의 표정을 고아가 어루만지는 것처럼 우리는 조금 쓸쓸해졌다 그거 아니? 슬픔이 얼굴의 어느 쪽부터 스며드는지 사람이 사람을 모르는 것처럼 제 몸을 껴안으면 르완다 르완다, 등뒤에서 귀에 익은 노래가 기적처럼 흘러나왔다

혼혈 소녀의 피아노

장은석(문학평론가)

너는 실패자들의 누이이자 부정한 유부녀들의 형제
　　　　　　　　　　　　　　　　　—「누오피아」 부분

1

　소녀의 노래는 무엇으로 만들어졌을까?* "노랠 부르는 소
녀의 동그란 혓바닥 속"(「불행의 접미사」)으로 천천히 들어
가자. 보드랍게 빛나는 피부와 가늘고 여린 다리를 지닌 채
인형을 들고 왕자님을 꿈꾸는 그들의 보편적 이미지를 뚫고
은밀함의 장막을 들추자. 확실히 소녀라는 말에는 어떤 비
밀스러움이 담겨 있다. 여자인 동시에 아이이며 또 어리지
도 않지만 여인이라고도 할 수 없는 소녀들은 "수줍음을 무
기로" 지니고 있으면서 한편으로는 "신이 내린 마지막 감정
에 오래 반항"(「목만 남은 자들」)한다. 시인은 어두운 구석
에서 혼자 오랫동안 이야기를 중얼거리던 소녀를 끄집어낸
다. 온갖 판타지와 왜곡된 동화의 음모로부터 빠져나온 소
녀는 비로소 연약하면서도 동시에 유독한 자신의 본래 매력
을 무한히 발산한다. 시인은 자신을 "소녀의 몸에서 태초의
음을 꿈꾸었지만 실패한 자"라고 고백했지만, 그 어둠 속 이

---

　* 영국의 동요 〈마더 구스의 노래(Mother Goose's Melody)〉 중 "소
　녀들은 무엇으로 만들어졌을까? 설탕과 향신료와 온갖 멋진 것들"
　이라는 부분을 떠올렸다.

상한 고백의 선율로부터 오히려 우리 모두가 잃어버린, 진
짜 "소녀가 걸어나온다"(「피아노」).

2

"평생 인형의 얼굴을 파먹으며/ 배고픔을 달래는 아이"(「대
화의 방법」)의 초상에서 어떤 기이함만을 느끼고 있다면 당신
은 아직 소녀의 진면목을 안다고 할 수 없다. 죽은 아이와 같
은 인형을 안고 대화를 나누는 소녀의 자장가에는 죽음을 부
정하거나 어떻게든 그것을 자신에게 밀착시키려는 모든 성인
의 노력을 뛰어넘는 무구함이 있다. 두려움이나 잔인함과 직
면하여 그것을 훌쩍 넘어설 수 있는 부드러움이 있다.

움직이지 않는 인형과의 대화를 꼭 무슨 동화 속 한 장면
처럼 여길 필요는 없다. "죽은 아이를 사랑한 적 있지// 잠의
목덜미를 쏟아내며/ 누군가를 부르는 증상"(「물의 호흡」)과
같이 함부로 접근하기조차 어려운 문장들을 발견할 수 있기
때문이다. "너는 죽었다 검은 구멍만을 열어둔 채"라고 시
작하는 「태몽」에서 믿을 수 없는 악몽과도 같은 기억들은
보통의 감정과 말을 지나 수면 아래 깊은 침묵으로 잠긴다.

아침은 붉고 연못은 파르스름했다

다리가 젖을수록 치마는 부풀어오르고 하나씩 떨어져

나가는 이목구비들

　　많은 방이 나타났다 무릎을 당기면 사방이 사라지는, 굴
절되는 천장 소리 죽은 아가일 무늬

　　너의 손을 잡고 꽃을 꺾었지 산 자가 죽은 자를 닮고 죽
은 자가 산 자의 모습에 취해

　　깊은 곳으로 침잠하는 파사의 주소

　　이 야만은 무엇인가요 얼굴을 휘감는 수초들의 무표정,
문을 두드리면 인기척이 흩어지는

　　동공을 부수는 한 뼘의 빛
　　　　　　　　　　　　　　　　　　　　—「수련」 부분

　　형언할 수 없는 상태로 죽은 아이를 바라보는 침묵의 극
점에 「수련」이 있다. 아침의 붉고 뜨거운 기운이 파르스름
한 연못의 차가움에 반응하는 것처럼 차가운 물속으로 뜨거
운 피가 번진다. 차가운 것에 의해 내 몸속에서 뜨거운 것이
떨어지는 순간 세계는 사라졌다가 나타나고 점멸하며 굴절
된다. 격렬한 혼미함의 마지막 순간에는 산 자와 죽은 자의
차이도 사라지게 될까. 살아 있는 몸을 통해 죽음을 느낀다

는 것은 어쩌면 실제로 사람이 죽음에 가장 가까이 다가서 게 되는 접점이 아닐까.

모든 것이 수포로 돌아가는 순간은 잠깐의 꿈처럼 짧지만 사라짐의 흔적, 그 "파사의 주소"는 침잠하여 마음의 깊은 곳에 자리를 잡는다. "손을 내밀면/ 가만히 떠오르는 그 무엇"처럼. 아무 일도 없었던 것처럼 평온한 연못의 풍경 때문에 야만의 흔적은 더 강렬해진다. 문면에 드러난 풍경이 고요할수록 행간 깊은 곳에 잠긴 감정들은 더 끓는다.

다발의 아스파라거스를 가지고 너를 찾아간다 내가 죽으면 네가 내 인형이 되어줄래?

한 소녀가 사내의 손에 이끌려 사라진 오후 꽉 움켜진 소녀의 손에서 벌거벗은 개구리의 신음이 흘러내렸지만 아무도 그날을 기억하지 않는다

소리만 남은 감정들 문을 열면 기이한 인사가 맴돌고 낡은 변소에선 아이들이 비명을 질렀지만 상처 입은 고양이의 눈이 두려움으로 밤을 키우듯 갈라진 손톱에도 싹이 트고 잎이 자랐다

(……)

자장가를 부르는 너의 몸짓은 뒷걸음질치는 아이처럼
친밀하다 밤바람에 굽이치던 머리칼이 어깨를 감싸고 수
많은 별자리가 밭은 세월만큼 왔다 사라지는 동안 품속에
는 잠들지 못한 아이가 남은 별들의 이름을 만지작거리고
손에는 두 개의 동전이 밤새 빛나고 있었다
—「아스파라거스로 만든 인형」 부분

　인형을 안고 있는 소녀의 구도는 아이를 안은 엄마의 모
습과 포개진다. 사내의 폭력, 그 잔인함은 배후로 잦아들고
"개구리의 신음"과 같은 소리의 감각이 시의 전면에 울린
다. 잔인함으로부터 파생된, 죽음을 향해 치닫는 비극의 감
정들은 이와 같은 소리의 감각을 따라 흐른다. "내가 죽으
면 네가 내 인형이 되어줄래?"라는 작은 속삭임은 신음과
비명을 거치다가 짤랑거리는 동전 소리로 수렴한다. 아이
를 달래는 자장가의 리듬처럼 조금씩 잦아드는 소리의 감각
들 속에서 갈라진 손톱에 싹이 트고 잎이 자라기 시작한다.
　소녀의 주문과도 같은 읊조림이 인형에게 생기를 불어넣
듯이 시의 리듬은 죽음의 기억을 아이의 생명력으로 변화시
킨다. 더불어 아이의 두 손에서 빛나는 동전의 짤랑거림을
거치며 아기에서 엄마까지의 먼길을 걷는 중인 소녀의 발걸
음의 궤적이 드러나기 시작한다. 한 사람의 아이에서 또 한
사람의 여인이 되는 과정에 놓인 소녀의 자취가 비로소 조
금씩 펼쳐진다.

3

가랑이 사이로 피를 흘리고 나서야 비로소 소녀는 특정한 나이와 시기로부터 구출된다. 이제 시 속의 소녀들은 자신을 억누르던 견고한 굴레를 스스로 깨고 우아함의 베일을 벗어던진다. "완벽한 혈통에 실패한 여자"는 "자신의 배를 찢고"(「날마다 부적이 필요했다」) 조작된 세계의 음모에 맞서기를 주저하지 않는다. 그들은 자신들이 이미 야만의 세계에 인질로 잡혀 있다는 사실을 잘 알고 있다. 인형의 몸을 죽음에게 내어주는 협정을 통해 그들은 성녀의 베일을 벗고 마녀적인 혈통을 감지한다.

혈통은 계보 형성의 가장 중요한 요건이다. '이것은 나의 피. 받아 마시라'는 신의 말에서 인간은 상징과 뉘앙스를 잘라버리고 껍데기만 받아들였다. 순혈주의의 이념은 모든 학살과 전쟁의 맨 앞에 놓인다. 이때 생명을 운반하고 사람의 심장을 뛰게 만드는 피는 도저히 섞일 수 없고 섞이는 것을 용납할 수도 없는 배타성의 끈적거리는 액체로 바뀐다. 가장 순결한 액체인 피를 나눈다는 것은 사람을 묶는 가장 엄숙한 의식인 동시에 타인을 배제하는 가장 완벽한 방식이 된다.

피부와 근육 아래, 몸속 깊은 곳에서 빠르게 흐르는 피처럼 순혈에 대한 강박은 공동체의 구석구석에 만연해 있다. 때때로 하나의 공동체에서 피의 가치는 믿음이나 신뢰와 같은 것보다 훨씬 더 귀하게 숭배된다. 심지어 사랑이라는 지극히 복잡하며 섬세하고 변덕스럽기까지 한 개념에 넌더리를 내는 사람이 간단히 혈통에 복속하는 경우도 쉽게 찾아볼 수 있다. 월경을 시작하면서 한 사람의 여자아이는 오염되지 않은 피의 암묵적 덫에 걸린다. 순수한 피를 지키고 보존하는 임무는 마치 여성성의 상징처럼 여겨진다.

시의 리듬 속에서 소녀는 마침내 완강한 가족로망스의 보이지 않는 사슬을 끊는다. 야만적 침탈 앞에서 상처 입은 자가 오히려 아무런 소리도 내지 못하는 현실의 주홍글씨를 찢어버리고 혼혈의 운명을 당당하게 받아들인다. "어머니 나의 미토콘드리아 모든 일은 그렇게 될 수밖에 없었지 당신의 웃음과 다정함을 닮은 아이가 창녀가 되었다"(「미토콘드리아」)라는 말은 생이 우리에게 꾸며낸 생물적 음모에 맞서는 선언이다. 그렇지만 이 선언에는 그런 구도가 계속 반복될 수밖에 없는 세계에 대한 비탄도 동시에 담겨 있다. 이것을 이해한다면 같은 시의 "당신의 가랑이 속에서 충혈된 사내들이 어머니를 찾고 사내들의 눈 속에서 두 다리를 웅크린 나를 보는 것 분열은 분열을 낳고 분열에 분열을 낳고 어딘지도 모르는 태초의 곳에서 당신을 닮은 아이를 잉태한다"와 "족보도 없이 할머니 엄마 두 딸이/ 한 남자를 사랑한 시절"(「시리아 사람」)과 같은 부분이 함께 놓인 것이 완전히 어리둥절하지만은 않을 것이다.

혼혈의 소녀가 연주하는 피아노의 선율에는 이처럼 어떤

비탄의 덧없음이 흐른다. "밤을 감아요 손가락을 타고 흐르는 시간들을 엮어 국적을 만들어요"(「물레 감는 그레첸」)와 같은 리듬 사이에는 야만을 저지르는 사람과 그것에 피 흘리는 사람 모두를 함께 감고 도는 마력이 있다. 덧없는 마력의 리듬은 야만의 상처를 부끄러워하지 않고 "오직 순정한 혼혈의 자세"(「대니 보이」)를 취하면서도 이념의 폭력에 속수무책으로 무너지는 모든 존재들을 휘감고 어루만진다. 배타적인 경계를 넘어서 조금씩 서로에게 스미는 흐름이야말로 소녀의 리듬이 지닌 중요한 성분이자 힘이다.

어머니와 아이가 나쁜 혈통의 유전적 동일성을 나눠 가지면서 소녀라는 말은 무한한 시간을 품게 된다. 이제 소녀는 생의 비극적이거나 빛나는 한 순간에 관한 이름이 아니라 내부에 감춰져 있지만 언제라도 발현할 수 있는 하나의 감각이 된다. 숨기는 자와 드러내는 자, 성녀와 창녀를 함께 품은 소녀의 감각은 이승과 저승, 내부와 외부, 빛나는 태양과 영혼이 움직이는 어둠을 향해 동시에 열려 있다. 이런 소녀는 정지한 상태의 대상이라기보다 잠재된 관계를 머금은 계열체와도 같다. "죽은 쥐를 가지고 노는 손"(「조감도」)을 지닌 그들은 늘 그늘진 장소인 "움브리아"에서 "작고 천박한 꽃"(「꽃들은 어디에 있을까」)을 찾으면서도 "어둠을 뚫"(「미토콘드리아」)고 "서로의 심장을 쓰다듬는"(「풍등」)다.

그러니 "장롱 속"에 있는 "작고 연약한 집을 가진 아이"에

115

게 "너는 조숙한 연인인가 앙큼한 악마인가"(「역류하는 밤
으로」) 묻는 것은 중요한 질문이 아니다. 무구하고 대담한
그들은 악마와 마리아, 유령과 요정 들을 함께 불러모은다.
따라서 시의 전반에 등장하는 고아와 맹인, 버려진 짐승의
새끼들과 기형의 아이들은 모두 소녀의 잠재성이 구체적으
로 발현된 단위들이라 할 수 있다. 상처를 입거나 어떤 불구
의 모습을 지니고 있는 대상들의 선천적 결함은 오히려 놀
라운 감각을 보인다.

칠월에 태어난 맹인의 발음은 아름다웠다 실의와 살의
가 섞여 목구멍을 넘어가고 한 방울의 피가 온몸 붉게 물
들이는 계절, 구멍가게에선 식은 우유와 사슴벌레가 뒤뚱
거리고 무자비한 징조들이 아이들의 염통을 파고들었다
맹인이 자신의 무죄한 눈을 어루만진다 저 맹인을 보라 어
디로 가는지 모르면서 불구의 숙명을 향해 가는 자를, 자
신 속에 오래 웅크려본 자만이 볼 수 있는 절벽을, 맹인이
가부좌를 틀고 제 귀가 끓는 소리를 듣는다
　　　　　　　　　　　　　　　　—「맹인의 발음」 부분

태어날 때부터 맹인인 자의 아름다운 발음을 듣는다. 결함
은 결코 과오가 아님에도 불구하고 이들은 그를 보는 자들의
탄식을 견뎌야만 한다. 자꾸 죄를 지은 것만 같은 기분에 사
로잡힌다. 그런 실의 속에서 살의가 싹튼다. 그렇지만 죽음

에 바짝 다가서는 마음은 결코 무자비한 야만의 자세와 다르다. 그렇다고 해서 결코 속죄의 자세도 아니다. 그는 "끝까지 속죄하지 않"(「태초에 우리는 배에서 만났네」)을 것이다. 절벽 앞에 웅크려 앉아 끓는 소리에 더 귀를 기울일 것이다. "속죄는 또다른 죄의/ 수태를 위해 제 피를 쏟는 것"(「하마르티아」)이기 때문이다.

4

다시 앞서 나온 "소리만 남은 감정"으로 돌아가자. 파르르 수줍게 떨리는 침묵의 입술이나 분방하게 유독한 것을 향해 뛰어들기를 서슴지 않는 태도도 각각 매력 있지만 소녀의 진짜 매력은 그것을 구분할 수 있는 섬세하고 예민한 감각에 있다. 실의와 살의의 차이는 부끄러움으로부터 당당함을 뽑아내고, 폭력적인 야만과 그것에 대한 반항을 구별한다. 장롱의 작은 틈새만 있어도 어둠을 엿볼 수 있는 것처럼 그들의 "뜨거운 귀"(「봄밤의 연인들」)는 아주 작은 소리들까지 포착하여 잘 구분되지 않는 미세한 것들을 단번에 갈라내고 결국 내적 진실에 이르게 만든다. 「육식 소녀」는 이와 같은 매력을 잘 포착한다. 오리나무 아래 깊고 달콤한 잠에 빠진 소녀의 입에서는 밤마다 가시덤불 같은 어금니가 자란다. 빛나는 어금니를 지니고 식칼을 든 "육식 소녀"의 날카로움은 언제나 "인간적인 급소"를 겨냥한다.

117

벼랑은 매일 죽을 수 있다고 자신한다

이것은 보이지 않는 환영이거나
돌아올 수 없는 물결의
밤과 꿈 사이

앳된 너의 얼굴이 보이지 않는다

라벨의 음악을 좋아하니
그건 어둡고 갈데없는 영혼들의
마지막 레이스 같은 거라고

한 마리의 새가
장미를 물고 투신한다

사라진 뉘앙스들

물위에 번지는
피의 일렁임을 보았다

내 검열되지 않은 상상 속에는
사랑에 굶주린 아이들이

홍기를 들고 노래하는데

흩어진 파열음들

음악은 거꾸로 흐르고 있었다

눈을 뜨면
고양이가 잠든 침대

한없이 가까워지며
침묵하는

—「라벨의 즈음」 전문

　벼랑의 위태로움은 자신감과 함께 놓인다. 죽음의 두려움
에 감염되지 않고 그것과 평온하게 대면할 수 있는 자신감
이야말로 소녀만이 지닌 능력이다. "눈을 뜨면/ 고양이가
잠든 침대"라는 시의 뒷부분을 보면 전반적인 시의 내용이
몽환적인 이유를 알 수 있다. 따라서 어떤 분명한 현실의 장
면이 떠오르기를 기대하며 시를 읽는 것은 적절하지 않다.
박은정의 많은 시들은 마치 물위에 번지는 일렁임의 자취
와 그것이 퍼지며 이루는 물결의 리듬과도 같기 때문이다.
　상실의 기억을 기록하려는 수많은 시도들은 때때로 얼마나
헛된 지경에 머무는가. 자신만의 기억 속에서 뒤죽박죽으로

채색된 대상은 종종 변명과 위안으로 부풀려진다. 이별의 고통은 많은 경우 이런 식으로 아름답게 가공되고 윤색된다. 또 그때의 감정은 얼마나 과장되는가. 시인은 이런 식으로 감정을 복원하는 것으로부터 분명한 거리를 둔다. "앳된 너의 얼굴"을 그리는 대신 보이지 않는 채로 그것을 내버려둔다. 이 시에서도 마찬가지로 한 마리 새보다 그것의 "투신"에 초점을 맞출 필요가 있다.

실제 대상의 모습은 사라지고 시의 내부에는 벼랑 아래 까마득한 어둠 속으로 투신하는 침강의 흐름이 가득하다. 시인은 겉으로 드러난 고통이 가라앉고 마침내 뉘앙스들마저 사라지고 난 후의 흔적, 그 미세한 심연의 일렁임을 포착한다. 고요함이 짙어질수록 파문은 그것과 대비를 이루며 더 강렬해진다. '사랑에 굶주린 아이들의 노래'는 이런 식으로 터져나온다. 계속 가라앉으며 속도와 음량이 잦아들던 시의 리듬은 이 국면에서 격렬하게 진동하며 흩어진다. 이 시는 잠잠해졌다고 믿었던 마음의 어느 표면에서 불쑥 번지는 파동이 얼마나 우리를 뒤흔드는지 실감할 수 있게 만든다.

5

시집을 펼치면 여러 갈피에서 서로 다른 여러 "소녀가 걸어나온다". 작은 여자아이에서 엄마, 맹인에서 고아, 상처 입은 고양이에서부터 검은 황소까지 다양한 스펙트럼으로 분광하는 대상들에게서 분명한 소녀의 초상을 발견하기가 쉽지 않을 것이다. 어쩌면 그들 사이에서 계속 모습을 내비치는 소녀의 실체가 불분명하게 느껴질 수도 있다. 흔히 기대하는 소녀의 일반적인 이미지와 겹치지 않기 때문이다.

시에 자주 출몰하는 소녀들은 때로는 여인의 모습으로 때로는 천진한 아이의 모습으로 바뀐다. 소녀의 실체가 명확하게 드러나지 않아서 어리둥절하다면 그들이 만드는 리듬에 귀를 기울이자. 여러 소녀들의 노래가 조금씩 잦아들다가 진동하고 깊은 침묵에 잠겼다가 다시 먼 곳으로 뻗는 과정에 몸을 맡기자. 심장이 들려주는 박동 소리가 심장의 실체는 아니지만 심장의 건재함을 증명하고 나아가 다른 장기들과의 관계를 알 수 있게 만드는 것처럼 이런 리듬은 특정한 판타지에 매몰되어 규격화된 소녀의 이미지로부터 잃어버린 소녀의 감각을 우리 앞에 되살린다.

"너를 부르면 모든 게 피아노가 되지"(「피아노」)와 같은 부분을 어떤 환상적인 장치나 효과로 받아들일 필요는 없다. 「피아노」는 다양한 양태로 변화하는 대상들이 관계 속에서 하나의 스타일, 곧 음악적인 리듬을 만드는 박은정 시의 스타일을 잘 보여준다. 예컨대 "피아노가 되지 책상이 되고 스탠드가 되고 악보가 되고 소파가 되고 방문이 되고 초인종이 되고 이제 일어났니 귀여운 머리떼를 한 피아노야 잠옷을 입은 피아노야 성큼성큼 걸음을 걷는 피아노야 노인처럼 하품을 하는 피아노야"와 같은 부분이나 "네 무덤 같

121

은 피아노가 여기 있고 거대한 동굴 같은 피아노가 여기 있고 아이의 비명 같은 피아노가 여기 있고 미친 남자의 자위처럼 서러운 피아노가 여기 있고 모든 배음을 끄집어내 침묵을 종용하는 피아노가 여기 있고"와 같은 부분에서 "되고"와 "있고"를 사이에 두고 서로 다른 대상들이 변화하는 양상을 지켜보자. 하나의 선율이 어딘가에 머물러 있다가 또다른 대상에게로 옮겨가면서 만드는 여러 가지 패턴의 리듬에 주목하자. 귀여운 걸음이 노인의 하품으로 바뀌고 아이의 비명이 고함소리로 바뀌었다가 침묵으로 빠지는 과정에 함께 동참하다보면 소녀를 품은 여자아이가 엄마가 되었다가 다시 소녀가 되는 궤적의 날카로운 부드러움과 쓰라린 발랄함을 함께 느낄 수 있다.

열 개의 손가락은 몰랐다 그 하나가 무엇인지, 그날의 꿈을 재현하기 위해 그것을 어떻게 연주합니까 죽을 때까지 낯선 신발을 갈아 신으며 왔던 길을 되돌아가는 거, 너의 머리카락을 문고리에 묶고 젖을 때까지 춤을 추는 것, 어둠 속 장님놀이를 하던 악사들이 엎드려 울었다 단말마처럼 반복되는 팔락쉬 팔락쉬, 나의 몸을 타고 흐르는 이 악기는 무엇입니까 (……) 우리는 매일 다른 얼굴을 찾아 잠이 든다 머리를 북쪽에 두고 꿈의 가장 깊은 곳으로, 새벽의 머리칼로 류트를 누르면 조금씩 시들어가는 과실들, 너의 등을 밟고 무감히 일어서는 꿈들, 그것은 마지막까지 모호한 진실의 얼굴입니까 누구도 다다를 수 없는 꿈 속으로 악사들이 자신의 손가락을 찢는다 이 운지법을 완성하는 자는 악기 속에서 죽을 것이다 송곳니를 잃은 짐승처럼 온몸이 거세되며 팔락쉬 팔락쉬, 불타는 악기를 던지고 밖으로 달아나야 하리라 태초의 바람이 너의 얼굴을 씻는다 태양은 아직 사막을 건너지 못하고 버둥거렸다
—「사탄의 운지법」 부분

사람의 영역을 초월하는 불멸의 선율은 모든 존재의 꿈이다. 사람은 "열 개의 손가락"만으로는 구현할 수 없는, 음악 너머의 완전한 음악을 꿈꾸지만 그런 음악은 오직 신 또는 악마에게 속한 것이다. 어쩌면 시인이란 그런 리듬을 향한 사람의 모든 노력의 최전방에서 "자신의 손가락을 찢는" 고통을 기꺼이 감수하는 자와도 같다. 세상의 소녀들이 생기를 잃고 길들여질 때, 예민하고 섬세한 감각이 야만 앞에 무디어질 때, 시인은 "조금씩 시들어가는 과실들"과 "너의 등을 밟고 무감히 일어서는 꿈들"과 "마지막까지 모호한 진실의 얼굴"에게 자신의 몸을 던진다. "그것을 어떻게 연주합니까"라고 물으며 "죽을 때까지 낯선 신발을 갈아 신으며 왔던 길을 되돌아"간다.

'소녀란 누구인가'라는 질문은 시인에게 어울리지 않는다. 시인은 '이것이 맞느냐 저것이 맞느냐'와 같은 종류의 질문에 관해 '예'나 '아니오'로 대답하는 사람이 아니다. 따

123

라서 우리가 그의 시를 읽으며 소녀의 모습을 한쪽으로 규정할 수 없는 것은 당연하다. 그렇지만 우리는 시 속에 다른 모습으로 등장하는 여러 소녀들을 감고 흐르는 리듬에 담긴 성분들을 함께 느낄 수 있다. 천진하면서도 위태롭고, 연약하면서도 유독한 것을 향해 뛰어들기를 주저하지 않는 그들의 예민한 감각 속에서 드러나는 미세한 차이들은 모호하고 불완전한 사람의 야만이나 계보와 혈통에 집착하는 어리석음을 느낄 수 있게 만든다.

이제 소녀의 기도이자 소녀를 향한 노래이면서 소녀를 위한 자장가와도 같은 시에 더 귀를 기울이자. 이처럼 신비로운 힘을 지닌 저항의 소리에 귀를 세운다면 인형같이 딱딱하게 굳은 감각 사이에서 "입술과 뺨을 열고/ 피가 도는 소리"(「하마르티아」)를 들을 수 있게 될 것이다. "예리한 혓바닥들이/ 가장 낮은 음을 향해 돌진"(「물의 호흡」)하는 리듬과 우리의 호흡이 조금씩 섞이다보면 누가 금지했는지도 모르는 사이에 우리로부터 사라진 목소리를 기억할 수 있을 것이다.

박은정   1975년 부산에서 태어났다. 2011년『시인세계』
신인상을 통해 등단했다.

문학동네시인선 069
아무도 모르게 어른이 되어
ⓒ 박은정 2015

1판 1쇄 2015년 3월 30일
1판 7쇄 2024년 5월 23일

지은이 | 박은정
책임편집 | 곽유경
편집 | 김형균 김민정
디자인 | 수류산방(樹流山房)
본문 디자인 | 유현아
저작권 | 박지영 형소진 최은진 서연주 오서영
마케팅 | 정민호 서지화 한민아 이민경 안남영 왕지경 황승현 김혜원 김하연
　　　　김예진
브랜딩 | 함유지 함근아 고보미 박민재 김희숙 박다솔 조다현 정승민 배진성
제작 | 강신은 김동욱 이순호　제작처 | 영신사

펴낸곳 | (주)문학동네
펴낸이 | 김소영
출판등록 | 1993년 10월 22일 제2003-000045호
주소 | 10881 경기도 파주시 회동길 210
전자우편 | editor@munhak.com
대표전화 | 031) 955-8888　팩스 | 031) 955-8855
문의전화 | 031) 955-2696(마케팅), 031) 955-2678(편집)
문학동네카페 | http://cafe.naver.com/mhdn
인스타그램 | @munhakdongne　트위터 | @munhakdongne
북클럽문학동네 | http://bookclubmunhak.com

ISBN 978-89-546-3523-3 03810

* 이 책은 서울문화재단 '2013 예술창작지원'의 지원을 받아 발간되었습니다.
* 이 책의 판권은 지은이와 문학동네에 있습니다. 이 책 내용의 전부 또는 일부를 재사용
　하려면 반드시 양측의 서면 동의를 받아야 합니다.

잘못된 책은 구입하신 서점에서 교환해드립니다.
기타 교환 문의: 031) 955-2661, 3580

www.munhak.com

문학동네